ACTIONS DE GRACES ET LOUANGES.

52.

(Le *Te Deum*, d'après le véritable air de Luther).

(Air 235.)

Grand Dieu, nous te louons.
Dieu fort, nous t'exaltons.
Tout ce vaste et grand univers
Te célèbre par ses concerts.
Les anges, tes milliers choisis,
Tous les trônes autour du Fils,
Les chérubins, les séraphins,
Tous disent dans les chœurs divins :

Saint est Dieu l'Éternel,
Saint est Dieu l'Éternel,
Saint est Dieu l'Éternel,
Le Souverain du ciel !

Ton grand pouvoir, ta majesté,
Remplit toute l'immensité ;
Les saints prophètes de tout temps,
Les douze apôtres triomphants,
Le chœur des martyrs avec eux,
Exaltent ton nom glorieux.
L'Eglise, ton peuple chrétien,
Te célèbre ici bas sans fin :

9

Le Père, sur le trône assis,
Le Sauveur, ton unique Fils,
L'Esprit-Saint, le consolateur,
Qui nous mène à notre Sauveur. (*Amen.*)

Dieu Tout-Puissant, seul Eternel,
Tu quittas ton trône immortel,
D'une Vierge choisis le sein,
Pour sauver tout le genre humain.
Souffrant ici pour nous la mort,
Tu brisas de l'enfer l'effort;
Et, remontant victorieux,
Tu nous rouvris l'entrée aux cieux.
Dès lors tu règnes à côté
Du Père et dans sa majesté,
Jusqu'au jour de tes jugements
Sur les morts et sur les vivants.

Protége, ô Dieu ! tes rachetés,
Que, par son sang, Christ a sauvés;
Que tous, avec les saints du ciel,
Aient part au bonheur éternel.
Oui, sauve ton peuple, ô Seigneur!
Bénis les tiens, dans ta faveur;
Conduis-nous, dans ton saint amour,
Jusques au céleste séjour.

Ton peuple, sans cesse, en tout lieu,
Bénit ton saint nom, Dieu des cieux,
Préserve-nous donc, ô Seigneur,
De tout péché, de toute erreur.

Prends pitié de nous, tes enfants ;
Ecoute nos cris incessants ;
Exauce, exauce nos soupirs,
Et viens accomplir nos désirs ;
Notre espérance n'est qu'en toi :
Ah ! ne confonds point notre foi !
Amen.

53.

(Chant du *Te Deum* sur des airs variés.)

(Air 235.)

CH. Grand Dieu ! nous te louons,
ASS. Dieu fort, nous t'exaltons.
CH. Tout ce grand et vaste univers
Te célèbre par ses concerts.
FR. Tes anges, tes milliers choisis,
Tous les trônes autour du Fils,
S. Les chérubins, les séraphins,
Tous disent, dans les chœurs divins :

ASS. *Saint, saint est l'Éternel,*
Saint est le Dieu du ciel,
Père, Fils, Esprit-Saint,
Que tout adore et craint.

CH. Ton grand pouvoir, ta majesté
Remplit toute l'immensité ;
FR. Tes douze apôtres et tes saints,
Tes martyrs, ces témoins divins,

S. Ta chère Église qui combat
Et celle qui te voit déjà,
Ass. Tous, sur la terre et dans les cieux,
Exaltent ton nom glorieux ;
Et notre voix, avec la leur,
Dit : Amen et gloire au Seigneur !
Amen.

(Air 83, b.)

Ch. Tu vins, innocent Agneau,
Souffrir une mort cruelle ;
Mais triomphant du tombeau,
Par ta puissance éternelle,
Tu détruisis tout l'effort
De l'enfer et de la mort. (*bis.*)

(Air 146.)

Ass. Tu règnes à présent à la droite du Père,
Toujours environné des anges de lumière ;
C'est toi qui dois un jour ressusciter nos corps,
Quand tu viendras juger les vivants et les morts.

Ch. Daigne à tes chers serviteurs
Subvenir par ta clémence ;
Répands sur eux tes faveurs,
Les dons de ta grâce immense ;
Rassemble ton peuple élu,
De toute langue et tribu. (Ass. *bis.*)

Fr. Sauve ton peuple, ô Dieu ! bénis ton héritage;

S. Que ta gloire et ton ciel soient un jour leur partage ;
Ass. Conduis, par ton Esprit, en tous lieux tes enfants,
Et fais jouir leurs cœurs de tes biens en tout temps.

CH. Veuille exaucer nos soupirs,
Seigneur Jésus, fais-nous grâce ;
Veuille accomplir nos désirs ;
Fais briller sur nous ta face :
Notre espérance est à toi,
A toi Jésus, notre Roi !

Ass. Amen, Dieu trois fois saint !
Gloire à ton nom suprême !
Que partout il soit craint,
Et que partout on l'aime.
Bénissons à jamais
La Sainte Trinité,
Qui donne à ses bienfaits
Un cours illimité.

(Air 249.)

CH. Amen, alléluia !
P. Alléluia !
Ass. Amen, alléluia !

54.

(Air 132, d.)

Ch. Soit gloire au Seigneur des seigneurs,
Au Dieu de toute grâce,
Au Dieu qui réjouit nos cœurs
D'un regard de sa face,
Et dont la consolation
Adoucit toute affliction :
Gloire à Dieu d'âge en âge !

(Air 132, a.)

Ass. Tu reçois l'honneur, Dieu des dieux,
De tout ce qui respire ;
Tout, sur la terre et dans les cieux,
Reconnaît ton empire.
Dans l'eau, dans l'air, tout ce qui vit
Exalte tes bontés et dit :
Gloire à Dieu d'âge en âge !

Ch. Ce qu'il créa, ce Dieu d'amour
Veut aussi qu'il prospère,
P. Sur son œuvre, il tient nuit et jour
Ouvert son œil de père.
P. et Ch. Dans son règne, en éternité,
Tout est juste et plein d'équité.
Gloire à Dieu d'âge en âge !

Fr. J'ai, dans mes peines, adressé
Au Seigneur ma prière.
S. Il m'a, dans sa grâce, exaucé ;
Touché de ma misère.

Ass. Reçois ma louange, ô mon Roi!
Louez mon Sauveur avec moi.
Gloire à Dieu d'âge en âge!

Ch. Non, le Seigneur n'a point encor
Quitté son héritage,
Fr. Il reste sa paix, son trésor,
Son appui, son partage.
S. Il conduit, comme par la main,
Son peuple en tout lieu, sauf et sain,
Ass. *Gloire à Dieu, d'âge en âge.*

Ch. Quand on ne trouve plus repos
Ni soutien dans ce monde,
C'est Dieu même qui, dans nos maux,
Nous aide, nous seconde.
Il tourne son cœur gracieux
Vers tous les pécheurs malheureux.
Gloire à Dieu, d'âge en âge.

Fr. Je veux célébrer ton honneur
Pendant toute ma vie;
S. Je veux chanter partout, Seigneur,
Ta clémence infinie.
Ass. Que tout ce qui se trouve en moi
Te bénisse et s'égaie en toi.
Gloire à Dieu, d'âge en âge!

P. Vous tous qui vous nommez chrétiens,
Rendez au Seigneur gloire!

Ch. Vous tous qui vivez de ses biens,
Exaltez sa mémoire !
P. et Ch. Quittez, renversez les faux dieux :
Notre Dieu c'est le Dieu des cieux.
Gloire à Dieu d'âge en âge !

Ass. Allons devant sa face, tous,
Pour chanter ses louanges ;
De notre dette acquittons-nous,
Disant avec les anges :
Le Dieu des cieux a tout bien fait,
En lui tout est juste et parfait.
Gloire à Dieu d'âge en âge !

HYMNES.

55.

Hymne à la Très-Sainte Trinité.

(Air 235.)

Ch. Grand Dieu, nous te louons ;
Ass. Dieu fort, nous t'exaltons.
Ch. Tout ce grand et vaste univers
Te célèbre par ses concerts.
Fr. Tes anges, tes milliers choisis,
Tous les trônes autour du Fils,
S. Les chérubins, les séraphins,
Tous disent dans les chœurs divins :

Ass. *Saint, saint, est l'Eternel,*
Saint est le Dieu du ciel,
Père, Fils, Esprit-Saint,
Que tout adore et craint.

Ch. Ton grand pouvoir, ta majesté
Remplit toute l'immensité ;
Fr. Tes douze apôtres et tes saints,
Les martyrs, ces témoins divins,
S. Ta sainte Eglise qui combat,
Et celle qui te voit déjà,
Ass. Tous, sur la terre et dans les cieux,
Exaltent ton nom glorieux ;
Et notre voix, avec la leur,
Dit : *Amen*, et gloire au Seigneur! Amen.

(Air 22, b.)

Ch. Tu tiras, ô Dieu Tout-Puissant,
Par ta parole, du néant,
La terre, la mer et les cieux,
Et tout ce qui se trouve en eux.

Fr. Et l'homme, à qui tout fut soumis,
A ton image tu le fis ;
Il la perdit par le péché,
Mais sa misère t'a touché.

Ass. Ton Fils vint mourir et souffrir.
Qui le croit, ne doit point périr ;
Ton Esprit en nos cœurs produit
La foi vivante en Jésus-Christ.

(Air 22, d.)

CH. Attire donc à toi nos cœurs,
Dieu Fils, seul Sauveur des pécheurs ;
Rédempteur du monde, ô Jésus !
Sans toi nous étions tous perdus.

Ass. Tu naquis homme, comme nous,
Pour pouvoir nous racheter tous ;
Et, depuis ta mort, nos péchés
Sont tous à ta croix attachés.

FR. Tu vis à présent dans les cieux.
Où tu montas victorieux ;
S. Que ton sang, répandu pour tous,
Parle donc maintenant pour nous.

(Air 22, a.)

CH. Saint-Esprit, doux consolateur ;
Toi qui nous conduis au Sauveur,
Rappelle à son petit troupeau,
Sans cesse la croix de l'Agneau.

Ass. C'est par toi que la chrétienté
Connaît de Dieu la charité ;
FR. Tu prêches au pauvre pécheur
La mort et le sang du Sauveur.

S. Fais-nous donc part de ce salut
Qu'il nous acquit lorsqu'il mourut.
Ass. Seconde son peuple chrétien :
Bénis tout ce qu'il nomme sien.

(Air 22, f.)

CH. Du trône de ta majesté,
Prononce, ô sainte Trinité,
Grâce et paix, au nom de l'Agneau,
Sur nous et tout son cher troupeau.

ASS. Protége, ô Père, tes élus ;
Oins-les de ton sang, ô Jésus!
Elève-les, Dieu Saint-Esprit,
A la joie, à l'honneur de Christ.

(Air 235.

CH. C'est ainsi qu'ici tes pécheurs
Diront tous avec les saints chœurs :
ASS. Gloire à Dieu, le Père Eternel !
Gloire à son Fils Emmanuel !
Gloire à l'Esprit de vérité,
Jusques en toute éternité.
Amen.

56.

Hymne à Dieu notre Père céleste.

(Air 61.)

CH. Louez le Seigneur, ce grand et puissant roi de gloire!
De ses bienfaits, célébrez et gardez la mémoire.
Arrivez tous! — Psalmodiez avec nous :
Chantez sa bonté notoire!

(Air 214.)

Ass. Me tairai-je sur la gloire
Du Seigneur, mon Créateur ?
Non, célébrons la mémoire
De son insigne faveur !
Il chérit avec tendresse
Tout cœur qui s'attache à lui
Comme à son unique appui,
Qui l'aime et le suit sans cesse.
Tout finit, mais sa bonté
Dure en toute éternité.

Ch. Louez le Seigneur, dont la main nous donna la vie,
Qui nous conserve et soutient, dans sa grâce infinie
Quels sont les cas — Où ses élus ne soient pas
Sous sa tutelle bénie ?

Fr. Pour me convaincre qu'il m'aime,
De son Fils il me fait don ;
S. Il l'expose à la mort même,
Pour me gagner mon pardon.
Fr. O quel mystère sublime !
Quel esprit pourrait jamais
En pénétrer les secrets
S. Et tout l'insondable abîme ?
Ass. *Tout finit, mais sa bonté*
Dure en toute éternité.

Ch. Louez le Seigneur, qui vient nous accorder sans cesse
Preuves sur preuves de son immuable tendresse.
Songe, ô mon cœur!
A ce que peut le Seigneur,
Quand à nous il s'intéresse.

Ass. Son Esprit, qui me console,
M'est donné pour conducteur;
Et, par sa sainte parole,
Il me garde de l'erreur.
Fr. Il allume dans mon âme
L'amour, l'espoir et la foi,
S. Et me fait braver l'effroi
De l'enfer et de sa flamme.
Ass. *Tout finit, mais sa bonté*
Dure en toute éternité.

Ch. Louez le Seigneur qui, sur le pécheur misérable,
Fait éclater, sans se lasser, sa grâce ineffable.
Dis, ô mon cœur,
S'il est un autre Seigneur
A ce bon Père semblable?

Fr. Le bien-être de mon âme
Est son souci constamment.
S. Si mon corps ses soins réclame,
Il les rend également;

Fr. Me vois-je dans la faiblesse,
Sans aucun secours humain,
S. Par sa secourable main
Il soulage ma faiblesse.
Ass. *Tout finit, mais sa bonté*
Dure en toute éternité.

Ch. Que tout ce qui vit s'assemble donc, et qu'on bénisse,
Du cœur, de l'esprit, le saint nom d'un Dieu si propice,
Qui, nuit et jour,
Verse sur nous son amour;
Qu'en lui l'on se réjouisse!

Ass. Amen, qu'il soit gloire, — Sans cesse au Père,
En son cher Fils, Jésus, notre Frère,
Et par l'Esprit.

57.

Autre Hymne à Dieu notre Père céleste.

(Air 9.)

P. et Ch. O toi, qui règnes au ciel,
Abba, notre Père,
En Jésus Emmanuel,
Ton Fils, notre frère;

Ton nom soit sanctifié,
Ce doux nom de Père,

Comme l'a glorifié
Ton Fils sur la terre.

(Air 228.)

Ass. Alléluia ! soit gloire à Dieu !
Chantons, bénissons en tout lieu,
Son nom et sa mémoire !
Célébrons du Père éternel,
Par un cantique solennel,
La grandeur et la gloire !
Vantez, — Chantez — Sa puissance,
Sa clémence, — Qu'on révère
Dans les cieux et sur la terre !

P. et Ch. Ton règne vienne bientôt
Où la race humaine
Trouve, dans la paix d'en haut,
La fin de sa peine.

Comme se fait dans les cieux
Ton vouloir suprême,
Qu'il se fasse en ces bas lieux
Par tout cœur qui t'aime.

Fr. Du haut des cieux, les chérubins,
Les anges et les séraphins,
Chantent tous ta puissance.
S. Oh ! puissions-nous les imiter,
En ne nous lassant d'exalter
Ta grâce et ta clémence.
Ass. Sous toi, — Grand Roi, — Chacun plie,
S'humilie. — De ta gloire
Fais-nous garder la mémoire.

P. et Ch. Donne au corps ce qu'il lui faut
Pour sa subsistance;
A l'âme le pain d'en haut,
Que ton Fils dispense.

Pardonne-nous nos péchés,
Comme nous aux autres :
A la croix sont attachés
Les leurs et les nôtres.

S. Quand nous éprouvons tes faveurs,
Lorsque nous sentons tes rigueurs,
Toujours ton cœur nous aime.
Fr. Nos cheveux même sont comptés;
Rien n'arrive dans tes cités,
Sans ton vouloir suprême.
Ass. Seigneur, — Seigneur, — Notre Père
Sur la terre, — Roi des anges,
Nous célébrons tes louanges.

P. et Ch. En tentation, enfin,
Ne nous laisse induire;
Délivre-nous du malin
Qui cherche à nous nuire.

Ass. Nous nous abandonnons, Seigneur,
Nous et les vœux de notre cœur,
A ta main paternelle.
Ah! sauve-nous par ton amour,
Et nous introduis au séjour
De ta gloire éternelle.

Seigneur, Seigneur, — Notre Père
Sur la terre, — Roi des anges,
Nous célébrons tes louanges.

P. et Ch. Amen, gloire et majesté,
Puissance et richesse
Te soient en ton Bien-aimé,
Ce jour et sans cesse.

Ass. Amen, alléluia !
P. et Ch. Alléluia !
Ass. Amen, alléluia !

58.

Hymne à Dieu le Fils, Notre Seigneur.

(Air 101.)

Ass. Pouvoir, majesté, gloire, honneur
Soient rendus à l'Agneau victime
Qui nous a conquis le bonheur
En nous rachetant de l'abîme;
En lui, l'amour du Père nous élut
Avant que rien, ni ciel, ni monde fût.

(Air 58.)

Ch. A lui seul nous voulons rester par grâce,
Jusqu'au jour où nous verrons sa face.
Alléluia !

Fr. Oui, digne est l'agneau mille fois
De recevoir honneur, hommage ;

S. D'esclaves il nous a faits rois,
Nous donnant son ciel en partage.
Ass. Que tout en nous, le corps, l'âme et l'esprit,
Lui soit voué pour la mort qu'il souffrit.

(Air 249.)

Ch. Que chaque battement du cœur
Soit un cantique en son honneur!
Amen, alléluia! — Alléluia!
Amen, alléluia!

Ass. A lui, le Dieu d'éternité,
Soient voués des chants de louanges,
Fr. Par son troupeau, la chrétienté,
S. Par tous les humains et les anges.
Ass. Que toute voix, sur terre et dans les cieux,
Chante sa grâce et son nom glorieux!

(Air 58.)

Ch. A lui, qui prend pitié des siens sans cesse,
Soient honneur, gloire, force et richesse,
A tout jamais!

S. A celui qui nous a sauvés,
Soit empire et magnificence.
Fr. Dans son sang il nous a lavés,
Avec nous il fait alliance;
Ass. Alléluia! béni soit mille fois
L'Agneau de Dieu, pour nous mort sur la croix!

(Air 249.)

Ch. Sur terre comme au ciel, le chant
Est : Béni soit l'Agneau sanglant!

Amen, alléluia ! — Alléluia !
Amen, alléluia !

Ass. Vous, anges du trône immortel,
Qui pouvez ses conseils connaître,
Célébrez le Fils éternel ;
Il est votre chef, votre maître !
Psalmodiez avec nous à jamais,
Et publiez en tout lieu ses bienfaits !

(Air 58.)

Ch. Qu'au ciel et sur terre — Toute voix dise :
Amen, au Seigneur, dans son Eglise,
Soient gloire, honneur !

Ass. Amen, alléluia ! — Dans tous les âges ;
Ses élus lui rendront leurs hommages :
Ils lui sont dus !

59.

Hymne à Dieu le Saint-Esprit.

(Air 58.)

Ch. O Consolateur, Dieu Saint-Esprit,
Toute la chrétienté te bénit
De ce que tu daignes, — Par pure grâce,
Faire demeure en la pauvre race
D'hommes pécheurs.

(Air 228.)

Ass. Alléluia, Dieu Saint-Esprit,
Que notre cœur aime et bénit,

Par toi vivent nos âmes!
Tu nous as menés à l'époux,
Et tu viens allumer en nous
De ton amour les flammes.
Grand Dieu, — Ton feu
Salutaire — Régénère — Le Fidèle :
Ta vertu le renouvelle.

CH. Tu prêches Jésus et ses douleurs ;
Ton témoignage entraîne les cœurs
Quand tu leur annonces
La mort sanglante
Du Dieu dont la main toute-puissante
Fit l'univers.

FR. Viens, ô divin Consolateur,
Esprit de notre Rédempteur,
Habiter dans nos âmes.
S. Tu verses sur les tiens tes dons ;
Viens aussi couronner nos fronts
De tes célestes flammes.
ASS. Esprit — de Christ,
Que ta grâce — Efficace, — Salutaire,
Puissamment en nous opère!

CH. Nous avons senti ton doux pouvoir,
Depuis qu'à notre foi tu fis voir
La forme sanglante, la meurtrissure
Du Dieu souffrant pour sa créature
La mort en croix.

Ass. Source féconde de tout bien;
Qui fais l'ornement du chrétien;
Esprit-Saint, juste et sage,
Fr. Revêts-nous de tes dons divers;
A ton nom, devant l'univers,
Nous rendons témoignage.
S. La foi, — Sans toi,
Divin Maître, — Ne peut naître. — Vivifie
Nos cœurs et les purifie!

Ch. Nous te donnons de nouveau la main,
Saint-Esprit, pour être à toi sans fin.
Conduis-nous en grâce, par tes lumières,
Et nous reçois, malgré nos misères,
Pour tes enfants.

Fr. Esprit-Saint, divin conducteur,
Préserve-nous de toute erreur,
Guéris notre faiblesse;
S. Et, par tes consolations,
Au milieu des tentations,
Renforce-nous sans cesse.
Ass. Soutiens — Les tiens,
Guide, — Eclaire, — O lumière,
Pure et sage,
Leur triste pèlerinage.

Ch. Donne-nous de voir à ta splendeur,
Jésus-Christ, notre unique Sauveur,
Pour ne plus connaître

Que lui pour maître,
En qui nous trouvons le vrai bien-être :
Assiste-nous !

(Air 235.)

Ass. Amen, Dieu, Saint-Esprit, Seigueur,
Viens te préparer notre cœur,
Pour que, par tes soins, pour l'Epoux,
Tu puisses nous élever tous,
Et nous conserver dans sa paix,
Et l'amour du Père, à jamais. Amen.

HYMNE POUR L'AVENT ET NOEL.

60.

(Air 459.)

Ch. Portes du monde, élevez-vous,
Le roi de gloire vient vers nous ;
C'est lui, le Seigneur des seigneurs,
Le Sauveur de tous les pécheurs,
Qui nous apporte grâce et paix ;
Chantez à haute voix, chantez :
Béni soit le Seigneur,
Mon Dieu, mon Créateur !

(Air 146.)

Ass. Hosanna ! béni soit ce Sauveur débonnaire,
Qui, vers nous, plein d'amour, descend du sein du Père ;

Béni soit le Seigneur qui vient des plus hauts
cieux
Apporter aux humains un salut glorieux.

CH. Il est juste, un Sauveur puissant,
Plein de douceur et patient;
Son sceptre, c'est la charité,
Sa couronne, la sainteté;
Il finit nos maux à jamais.
Chantez à haute voix, chantez:
Béni soit le Seigneur,
Mon Dieu fort, mon Sauveur!

FR. Hosanna! béni soit Jésus, notre justice;
S. Pour nous, pour nos péchés, il s'offre en
sacrifice;
ASS. Ce Seigneur tout-puissant, ce Roi de tous les
rois,
Pour nous, pauvres pécheurs, vient mourir
sur la croix.

CH. O pays, béni mille fois,
Qu'habitera ce Roi des rois!
Que ces peuples seront heureux
Qui recevront ce Roi chez eux!
Il est le vrai soleil divin,
Qui fait vivre nos cœurs sans fin.
Béni soit le Seigneur,
Mon Dieu consolateur!

ASS. Hosanna ! hosanna ! dans son heureuse Eglise;
FR. Son chef est son Sauveur, elle est à Christ acquise;
S. Ses transports sont permis; c'est le chant de sa foi,
ASS. Et tes enfants, Seigneur, l'entonnent devant toi.

CH. Hosanna ! béni soit celui qui vient au nom du Sauveur. Hosanna aux lieux très-hauts.

ASS. Viens, ô mon Sauveur, Jésus-Christ;
Mon cœur t'adore et te bénit;
Entre parmi nous sans retard,
Pour qu'à tes biens nous ayons part;
Que ton Esprit-Saint, ô Seigneur,
Nous guide au sentier du bonheur,
Et nous loûrons sans fin,
Ton nom saint et divin.

CH. Amen, soient gloire, honneur,
Force, et louange au Père,
Qui nous donne un Sauveur
En son Fils, notre frère!
ASS. Gloire au Dieu trois fois saint, et que tous ses élus
Célèbrent son saint nom, à jamais, en Jésus!

PARIS. — TYP. SIMON RAÇON ET Cie, RUE D'ERFURTH, 1.

www.ingramcontent.com/pod-product-compliance
Ingram Content Group UK Ltd.
Pitfield, Milton Keynes, MK11 3LW, UK
UKHW020538230726
13925UKWH00006B/2344